KB276242

희망 꽃

원로교사 이진재의 '앨범시집'

신세림

희망꽃

희망꽃

원로교사 이진재의 '앨범시집'

먼저, 하나님 은혜에 감사한다.

'끈' 하면 인연이나 텔레파시가 떠오른다. 걸음마 하는 아기가 끈을 목에 걸면 "아우를 보겠구나" 하고, 아무리 멀리 떨어져 있어도 부모 자식간에는 보이지 않는 끈이 연결되고, 사랑하는 연인끼리는 텔레파시가 통하게 된다. 옷깃만 스쳐도 인연이라는데 여러 해 동안의 스승과 제자의 만남은 대단한 '끈'이 아닐 수 없다. 수천 수만의 제자들이 정년 퇴직 3년이 지난 지금도 내 가슴에서 뛰놀고 있다. 세월이 흘렀어도 내 안의 아이들은, 아주 사소한 일에도 까르르 웃으며 배꼽 잡던 꿈 많은 중학생 모습 그대로이다.

요즈음 사제간의 관계가 무너지고 있다고 한다. 그래도 오랫동안 몸담고 있던 학교 생활을 추억하면서 나의 제자들과 나의 아들, 손자가 바로 '희망으로 자라는 꽃이구나!' 하고 우리 아이들의 장래를 그려본다. 지금은 어디에 살고 있을까, 지구별의 미래를 개척해 나갈 사랑하는 나의 제자들, 이 땅의 희망 꽃들!

　한 달 간 배낭여행을 하고 와서 또 다른 '끈'을 만들었다. 한 교수님은 내게 "나 같으면 책 한 권 쓰겠다." 하시는데 나는 그게 잘 안 되어 시詩 몇 편 쓰고 만다. 그나마 작품성이 없다고 하시어 오래 망설이다가, 그래도 한 생애를 마감하면서 반평생 바친 교직과 여행으로 맺은 소중한 이야기를 마무리하고 싶어 '앨범 시집'을 내기로 했다. 게다가 60고개 중반을 넘은 나이에 선교활동을 위해 조국을 잠시 떠나게 되어 지난날의 교단 회상과 재직 시 못다 한 얘기, 또 몇 분 선배님의 정년기념 축시頌詩를 정리하고 싶었다.

　이제, 독자 여러분과 선후배 선생님의 애정어린 관심을 기대해 본다.

　끝으로, 원고 정리를 도와 준 후배 교사(정복선)와 출판사 편집실 엄은미님께 고마움을 표한다.

우즈벡 파송을 앞두고
2006. 초여름 　李玲載

차례

2부 자연自然 속에서

3부 사회社會

4부   여행旅行

5부 추억追憶

6부 생활(가족)

희망꽃

교단의 추억

1부

그리움

시간이 멈춘 어느 봄날
추억이 내게로 왔다
비둘기 떼지어 맴돌고 있는
학교 운동장을 떠 안고

노란 울타리 맨발로 달려오고
수줍은 여인 매화, 꽃망울 터뜨리며
반갑다고 손 흔드는 진달래, 철쭉 위로
키다리 벚꽃이 성큼성큼 걸어서 왔다

은행나무 아치 따라
출근 시간 오가며
스치던 그 때 그 사람
아직도 이 길을 다니고 있을까

오늘, 그 공원 찾아와
지난 세월 거닐어 본다

고백

첫 학교 시절
부끄러움을 토해 본다

나보다 앞서가는 학생
외면하며 모른 체했고
공연한 트집 잡아
가슴을 멍들게 하였다

언제는 회장 어머니의 선물
아이 편에 돌려보내면서
자존심을 긁었고
평소 주먹 쓰는 반 아이
생활 기록부에 '폭력적'이라 쓴
못나고 한심한 담임이었다

이제 학교를 떠나면서
얼굴 화끈거리고 가슴아픈
기억들 떨어버리고 싶다
용서를 비는 마음으로
-2003. 정년 퇴임을 하면서

희망꽃

비 오는 오후
운동장에 공이 날고
아이들은 땀과 빗물 범벅되어
헐레벌떡 뛰어다닌다

해마다 봄이면
화단에도, 교실에도
꽃과 나무가 가득 찬다
키 작은 채송화, 키다리 맨드라미
라일락, 목련화, 개나리 울타리…
교정校庭의 꽃과 나무는 나의 제자들이다

수업 중 야단맞고 샐쭉하던 새침데기
언제나 생글생글 애교떨던 귀염둥이
우물쭈물 망설이며 말 더듬던 순둥이
수업 시간 눈 마주치며 열심히 듣던 범생이
짱으로 교실 떠돌던 악동이 복도대장

화장실서 담배 피다 걸린 흡연파
가출한 엄마 원망하며 할머니 속썩이던 말썽파
패싸움하다 파출소 드나들던 주먹당
모두 가슴에 안겨와 추억으로 남는다

이제 자주 볼 수 없는 희망 꽃들
이 땅의 미래가 빗속에서 뛰고 있다

하늘 길

자목련 흩날리던 봄날
한 동료 교사가 이승을 떠났다

유난히도
햇살 따가운 오후
어린 처자식 오열 속에
고통뿐이던 그 육신을 떠나갔다

봄에는 꽃길
가을에는 낙엽 쌓이는
병원 옆 공원길

오늘, 그 영혼
굼벵이 껍질 벗듯
병든 몸 훌훌 털고
공원길 따라 훨훨
하늘로 날아갔다

그리하여 공원길은,
어쩌다 '하늘 가는 길' 이 되었다
-2002. 4 동료교사의 죽음을 애도하며

종강終講

잠시 이별인데 마음이 시리다
석 달의 만남이 3년 같다

돌 속에 자운영 꽃을 피우는 교수님의
'강의실에 섬처럼 떠 있는 학생들
안개 속으로 사라져 보이지 않는다' 처럼
안개 자욱한 바다 위로
그리움이 섬처럼 떠올라 점점이 다가온다

고전古典 외우기 국보급인 동갑내기 조 여사
늘 말없이 앉아 듣기만 하는 신사 친구들
경기도 먼 길을 꽃길 따라 찾아온다는 반장언니

모두 그림자로 밀려와
내 가슴에 앙금 되어 가라앉는다
—2005년 말, 배낭 여행을 떠나면서

여덟 겹 접힌 천 원짜리 두 장

✸ 실업고교 진학 종용慫慂

어느 부자 동네에서는 과외공부를 가르치는 대학생에게 1주일 두 차례 가르치는 댓가로 백만 원을 준다는 기사를 읽었다. 내가 근무하는 이곳 환경으로는 꿈도 꾸기 힘든 호화로움이다. 같은 수도 서울에 살면서 이렇듯 격차와 위화감이 존재해야 하는 이유를 나는 내 학생들에게 자신있게 설명하지 못한다.

중 3 담임이라 2학기 중반에 고등학교 진학을 놓고 학부모 면담이 있었다.

성적이 좋은 학생은 관계없지만 연합고사 커트라인에 못 미치는 학생은 학부모 면담으로 추천제 실업계 고등학교를 가도록 권유해야 한다.

우리 반 학생 61명 중 거의 절반 가량을 면담해야 하는데 부모 모두가 일을 나가는 10명 남짓은 전화로 상담을 했고, 나머지 20 명만 부모님을 만났다. 그 가운데 1학기 말 지방에서 전학 온 학생의 어머니가 오후 늦게 찾아왔다.

허름한 스웨터 차림에 초췌한 모습으로 복도에서 쭈뼛 쭈뼛 나를 찾길래 교무실로 안내하여 면담을 했다. 공장에서 일하다가 와 늦었노라고 했다. 그 학생 성적이 좀 모자라서 실업계 고등학교를 가도록 권했더니,

처음엔 갸우뚱하다가 결국엔 상업고교 추천을 받아들여 나중에 합격을 했다. 면담을 마치고 그 어머니를 복도까지 나와 전송을 하는데 자꾸만 학교 매점에 가서 우유라도 마시자고 이끌었다.

"괜찮아요, 어머니. 다른 어머님들이 오실 거라 기다려야 돼요. 안녕히 가세요."

그래도 머뭇머뭇 발길을 돌리지 못하는 그 어머니를 "마신 걸로 할게요." 다독거려 간신히 돌려보내고 다음 면담을 위해 교무실로 돌아왔다.

✳ 늦도록 교문서 기다려

그 날의 상담이 끝나고 어둑해져서 문득 친구와의 약속이 생각나 급히 교문을 나서는데 "선생님!" 하고 부르는 소리가 들렸다. 그 학생의 어머니였다. 가슴이 짠했다.

"여지껏 안 가셨어요? 이걸 어쩌나, 약속이 있어서…… 그냥 가시라고 했는데……."

"그래도 처음 찾아뵈었는데 그대로 갈 수가 없었어요."

"어머님 마음은 고맙습니다. 어머님 형편을 잘 알고 있으니 이제 돌아가세요. 네?"

손을 잡아 드렸다.

그 때 그 어머니는 울먹울먹 눈물을 글썽이며 꼭 쥔 주먹을 내 웃옷 주머니에 쑤셔넣고 있었다. 그 간절한 마음씀에 나도 모르게 눈시울이 뜨거워졌다.

나는 아무 말도 하지 못하고 그 어머니의 어깨를 꽉 잡고 가만히 고개를 끄덕여 주었다. 그리고 택시에 실려가면서 주머니 속에서 꼬깃꼬깃한 종이를 꺼내 펴 보았다.

천 원짜리 두 장이 여덟 겹으로 정성껏 접혀 있었다.

-1989. 2. 18(토) 조선일보

우리들의 맏형, 큰 오라버님께

먼 길 오시느라 정말 수고 많으셨습니다
20대 청년 시절 이 길에 오르셨지요
그리하여
그 많은 고개를 넘고 터널을 지나 달려온 길
어언 40여 년 길 위의 세월들
교단의 소나무 되어 독야청청 푸르름으로
평생을 몸바쳐 그 자리를 지키셨습니다

학교에선 예술의 혼 불사르며
제자 교육 힘썼고
가정에선 몸 약한 아내 도와
자식들 돌보는 자상한 아버지셨습니다
힘들어 슬퍼하던 일, 기뻐서 즐거웠던 일
비가 오나 눈이 오나 바람이 부나
제자들과 씨름하며 젊은 날 정열로 수놓았던
시간, 시간, 교단의 추억들
가끔 주마등처럼 머리 속을 지나가겠지요

이제 마라톤 선수가 트랙을 힘껏 달려와
골인 점에서 영광의 우승을 하듯이
지금 이 시각 정년의 문을 통과하시는 대 선배님

우리 후배들 모두 뜻 모아
영광의 월계관을 씌어 드립니다

하지만 절대 마지막 경기가 아닙니다
지금부터 제 2의 인생을 시작하십시오
그리하여 남은 길을 계속 달려가십시오
그리고 내내 건강하고 행복하십시오

-1999. 2. 9. 불암중학교 나익찬 선배 정년 퇴임에

우리들의 왕 언니

칠흑같던 단발머리
반백이 되어
머나먼 세월
길 위의 날들을 돌아보네

개나리 울타리 사이로
병아리 몰고 다니는 어미닭처럼
여름 날 양떼 이끄는 목동처럼
어린 생명 방목하며 수십 년

학교에선 보모 되고
집에선 가장 되어
홀어머니 동반자로 걸어온
사랑과 희생의 외길

목련꽃 그늘에서
'젊은 베르테르의 슬픔'을 읽고
코스모스 철길에서 '니이체'를 이야기하며
한 송이 백합화의 순결로
수선화의 청초함 노래하던
그 자태, 아우들 마음에

쓸쓸함으로 남아 있네

때로는 힘들어 울고, 때로는 즐거워 웃던
슬픔과 기쁨의 나날들
그 많은 세월 열정으로 수놓았던
순간, 순간, 교단의 추억들
이제 가슴에 소중히 묻고
아쉬움 뿌리며 떠나시는
우리의 여왕 대 선배

정년은 제 2 인생의 출발점
우리 모두 희망과 축복으로 엮은
영광의 월계관을 높이 씌워 드리리

-1999. 2. 20. 道友會 변해성 신배 정년 퇴임에

정녕 떠나시렵니까

우리들의 호프hope, 차돌 형님
불암의 명샤오핑鄧小平
60년대 역사의 현장에 우뚝 서
사랑과 열정 바친 세월 어느덧 40년

일제 식민 시대 보낸 유년기
남과 북 이념분쟁 속의 학창시절
그러나 마로니에 창가에서
세레나데 부르던 낭만도 있었지

스승의 그림자도 밟지 않던 세대에서
힙합바지 끌고 브레이크 춤추는 손자세대
돌하루방 부릅뜬 눈으로 지켜보던 당신
정든 교정 떠나가며 물 젖은 눈, 하늘을 우러른다

이제 흘러간 수천 수만의 제자들 추억하며
코스모스 꽃길 따라 멀어져 가는 당신
우리 모두 석별의 정 꽃다발로 엮어
영광의 인생 길에 안겨 드리리
-1999. 8. 불암중학교 이석철 교감님 정년퇴임에

우리들의 짱 웃고 가시옵소서

청자青瓷 몸매에 윤기나던 단발머리
어느덧 하얀 눈꽃 듬성듬성 피어나니
청솔 푸른 그늘에 앉아 소월 시 노래하던
옛날 옛적 생각이 난다

왕십리 철길 누비며 '싸르트르' 논하고
'심프슨' 부인 사랑 얘기 나누던 여고시절
남북의 뒤안길을 잘 버텨온 학창시절
역사의 소용돌이 속에서 40평생 지켜온 교단

때로는 괴로워 힘들고, 때로는 보람에 들뜨던
하 많은 세월, 이제 그 소중한 순간들 가슴에 안고
아쉬움과 뿌듯함 아로새기며 떠나시는 선배님
아침 자율학습, 독서훈련 정착시킨 뜨거운 교육열

멋진 훈화와 해벌제로 제자 사랑 강조하며
특별활동, 시험 기간 자유 퇴청의 즐거운 배려
동호인 모임 실천으로 존경받던 통크고 당당한 여장부
이제 영광의 꽃다발 엮어, 가시는 길에 놓아 드리리
-2000. 8. 불암중학교 김미자 교장님 정년퇴임에

정녕 가시나요

남해바다 그을린 벌거숭이
수평선 뜨는 넓고 푸른 망망대해
심중에 간직하고
소년시절 도시로 나와 교사의 꿈 키웠네

일찍이 남북이념 소용돌이 속에서
독재에 항거, 민주화 외치던 젊은 날
괴테를 명상하고 릴케를 노래했지
그리고 강산이 네 번이나 변한 세월

제자이기를 거부하는 듯한
랩 세대 몸짓조차 사랑하여
워드 자격증, 영어 노래 재량학습에
남다른 열정적인 모습
아침저녁 교내 순시로 이룩하신 화장실문화
'신상'의 전통 되어 교단 역사에 길이 남으리

또 동료교사 허물 감싸주던 너그러움은
신앙인으로 최선을 다하는 삶이었으며
이제 정년 단축의 아쉬움 가슴에 묻고
넓고 푸른 바다 향해 출발하시는 '滄海'님
영광의 꽃다발 즈려밟고 부디 살펴 가옵소서

-2001. 8. 신상중학교 정영기 교장님의 정년퇴임에

당신은 거목巨木이십니다

여지껏 우리는 당신의 그늘에서
어두운 구름과 환란의 소나기를
여름날 태풍과 뜨거운 태양을
안전하게 피할 수 있었습니다

목회 생활 40 여 년,
하나님 대리자로서
우리들의 영적 아버지로
혼신 다 바쳐 섬겨 온 교회를
이제 떠나시게 되니,
얼마나 허전하시겠습니까

시골 섬에서 보낸 유년기
수평선 바라보며 꿈을 키웠고
학창시절 육지로 나와, 주님 만나서
톨스토이보다 요한 웨슬레를
헤겔보다 칼빈을 배우며
고난의 목회자 길을 다지셨지요

성도들의 삶과 죽음, 즐거움과 고통
슬픔과 기쁨 함께 나누며 보내신 그 많은 세월,
그리고 "오직 예수"만 외치고
중생, 성결, 신유, 전도 강조하시던 그 음성,
젊은 시절 심령 부흥회 다니시며
질병 치료해 주시던 그 능력,
아직도 우리 가슴에 살아 있습니다

언제부터인가 우리는
당신의 모습에서 하나님을 보았고
당신의 기도에서 주님의 숨결을 느꼈지요
주변의 교회가 자가용버스 구입할 때
해외 선교에 더욱 힘쓰시던 그 열정,
정직하고 양심직인 청렴 결백은
성실하고 투명한 목회 실천이었습니다

노년기에도 책읽고 공부하시며
성지 순례나 미주 지역 새로운 교회 탐방으로
열린 목회, 교회 개혁에 최선을 다하셨고
돌다리도 두드려 보고 건너는 신중함과 완벽함이
하늘에 충성뿐 아니라, 이 땅의 국경일에도
애국가 부르며 나라 사랑 선포하셨습니다

최근 들어 상담학교와 목장 모임 통한
내적 치유, 교회 부흥 소망하시며
늘 기도와 권면으로 이끌어 주시던 은혜,
우리 모두 오래도록 기억할 것입니다

이제부터 새롭게 시작되는 제 2의 인생을
항상 건강하고 행복하게 사시면서
언제까지나 우리 곁에 머물러 주십시오
목사님, 존경하고 사랑합니다
-2005. 10. 황명식 목사님 은퇴를 기념하여

희망꽃

2부

철쭉제

지리산 바래봉 꽃길에서 그녀를 만났다

봄비 오락가락 운무雲霧에 가리워
보일 듯 말 듯한 여인의 자태姿態
진분홍 저고리에 연두색 치마를 끌고
사쁜사쁜 걸어오고 있었다

오래 전 내게 눈물뿌리며
서울로 시집가더니
임신姙娠 석 달만에 세상을 떠나갔다

어린 시절 복사꽃 그늘에서
"가위, 바위, 보" 하며
아카시아 잎새 따던 미소
라일락 향내 그리워
골목길 돌아 병원집 울타리에
나란히 기대서서
눈감고 코끝 벌렁이던 일
술래잡기, 사방차기 밤까지 놀다가
엄마한테 야단맞던 기억
수 십년 지난 지금도 내 가슴 속에

추억이 되어 눈물처럼 고여 있다

비 개인 오후
윤기 나는 솔잎은
그녀의 머리카락이었고
소나무에 앉아 또록또록 우는 새소리,
유리알처럼 맑고 투명하던
그녀의 예쁜 목소리였다

봄꽃 다섯 春花五題

자목련

봉긋한 멍울이 / 별당아씨 / 젖가슴 같아
댕기머리 / 입에 물고 / 대청마루에 / 치맛자락 끌며
담너머 / 도련님 훔쳐보는 / 수줍음에 / 얼굴 빨개졌
  다

매화

모시적삼 / 곱게 입은 / 안방마님의 / 우아한 모습
청상 과부도 같고 / 첩살이 / 거느린 / 본댁 같기도
  하여
언제나 / 날선 검 되어 / 가슴 속 / 저며내는 듯하다

벚꽃

우리 선조 / 괴롭히던 / 섬나라의 / 국화라니
그것은 / 말도 안돼, / 산벚꽃나무 / 개량한 것인데
그래서 / 하동 십릿길 / 겹겹이 꽃 / 눈물 뿌린다

진달래

그 옛날 / 물레방앗간 / 갑돌이 / 갑순이와
순박하면서도 / 억척스러운 / 또순이랑 / 효녀 심청
　처럼
꽃비와 / 서릿바람에 / 애태우는 / 시골 처녀 같다

라일락

분 내음 / 폴폴 날리는 / 흰 원피스의 / 신여성이
또각 또각 / 하이힐 소리 / 총각들 / 사로잡는 듯
어쩐지 / 도심 거리의 / 생생한 / 뉴스전광판 같네

구름

잘도 쓰고 잘도 그린다.
글 쓰고 그림 그려 하늘을 주름잡더니
하늘을 바다 삼아 물고기처럼
이리저리 미끄러지듯 헤엄쳐 다닌다

하늘 위 그분한테 편지를 쓰면
금방 검정빛이 되어 비가 내리고
다시 날이 들면 하얀 얼굴 빙긋 웃으며
내 안의 먹구름 밀어내 준다

태양이 뜨거워지면
그늘 만들어 서늘함 주고
석양이 아름답게 불타는 저녁
달과 별 등장하면
무대에서 퇴장하듯
손 흔들며 조용히 사라져 간다

그럴 때면 내 마음
여름날 뭉게구름 된다

아, 태양아

쏟아지는 햇살 눈부시구나
이글이글 타오르는 태양아
더욱 더 뜨겁게 비추거라

내 속의 오만함
미움, 시기, 질투
탐욕, 불의와의 타협
너의 정열로 태워 버려라

오장 육부에 가득찬
썩어빠진 불순물
냄새나는 배설물
뜨거운 불덩이로 모두 태우거라

내 안의 나
자유롭게 훨훨 날아
재가 된 육신, 우주에 뿌리고
유리알처럼 투명한 영혼이 되게 하라

가을 장미

벽돌 담장 울타리에
막내로 피어난 장미 한 송이
형제 자매 모두 떠나간 뒤 혼자 남아
버림받은 여인처럼 기죽어 앉아 있다

밤낮 칭얼대던 풀벌레, 매미 떼들
가는 여름 서운한 듯 구슬피 울고
삼복 찜통 더위도 풀이 죽어
하룻밤 새, 사람들 옷차림 바꿔 놓았다

집집마다 활짝 열고 살던 현관문도
꼭 닫힌 계절
찬바람 불면 더욱 쓸쓸해질 장미
베란다에 꽂아 두면 오래 갈까

이제 시들어가는 이 육신
가슴에 옮겨 심을 사람 어디 있을까

단풍 丹楓

어머니 자궁 속 탯줄에로의 그리움이다

불타는 아궁이 앞에 주저앉아
늦둥이에게 젖먹이는 며느리의 행복이며

객지 생활하는 막내 생각에
장작 한아름 주워다 무릎 꿇고 군불 때는
아버지의 사랑이다

별당아씨 채색 옷입고 나들이가는 모습
연인의 입맞춤보다 더 황홀하지만
가지마다 입술이 걸려 비명을 지른다

마른 잎새 흩어지는 스산한 바람소리에
사랑방 할아버지 기침 소리 잦아드는
생의 마지막 불꽃이다

낙엽

내가 어렸을 적엔
연두빛 희망이었고
가을 바람에
떨어지기 전까지는 낙엽이 아니었다

몸이 바짝 마르고 누렇게 떠도
가지에 달려 있을 때가 좋았다
개똥 밭에 뒹굴어도 이승이 좋다 했지

산에서는 쌓여서 거름이 되지만
거리에서는 바람에 날려 나비가 되고
또각또각 하이힐 굽에 밟히면 만신창이 된다

사람은 어려서 색동옷 입지만
우리는 늙어서 울긋불긋 채색 옷 입는다
그러다가 내리는 눈을 이불 삼아 잠자며
조용히 흙 속에 숨어들어 내일을 소망한다

눈 꽃

오, 아름다운
한겨울의 황홀함이여!

어머니 백발이 나무에 얹혀 함박 웃고 있네요
추위에 떨고 있는 자식들 다독여주며
행여 북풍에 날아 떨어질까 붙들고 있어요
그 동안 끌어올린 수액 뿌려주며
얼어붙은 얼굴 가슴에 꼭 끌어안고 말예요
앙상한 팔 다리에 다닥다닥 붙어서
추워야만 피어나 기지개를 켜는 눈꽃,
어둠을 싫어하면서도 밤에 더 잘 크고
아침이 되면 고개 움츠려 수줍어해요
봄날 복사꽃 같은 하얀 꽃망울이
소금처럼 반짝반짝 빛나고
겨울철 북녘에서 피어나
서서히 남쪽으로 옮겨 사는
흰 꽃은 어머니의 면류관예요

오, 순결함이여!
이젠 내가 백발이 되어 함박 웃음 짓고 있네요

희망꽃

3 부

그 날의 시작

새 천년 초여름
남과 북, 감격의 순간
55년의, 그 많은 사연 엮어
2박 3일에 띄워 보낸다

두 손잡고 뜨거운 만남
순안 공항 수십만 인파
붉은 물결 만세 소리
충격적 장면, 장면들

평양과 서울
한강에서 대동강
겨우 한 시간 남짓한 거리
그 동안 왜 그리 멀었을까

백두산에서 한라산
우리의 조국 금수강산
이산 가족 상봉의 꿈
6.15 공동 선언에서 본다

이제 민족의 화해로

평화 공존 시대 열리고
7천만 겨레 박수 갈채
이 땅의 기쁨, 온 세계에 퍼진다

형제가 맞서 총 겨누며
울음에 떨던 휴전선 철조망 앞
두 정상의 포옹은
통일, 그 날의 시작이었다

-2000. 6. 15

조국은 그들에게 무엇인가

조선족 우리 동포의 절규
불법 체류 합법화 투쟁
단식 농성하는 외국인 노동자들
이 겨울 추위 어떻게 견뎌 낼까

이 나라, 우리의 조국
얼마나 악해질 것인가
일제 때 망명 간 독립군 후예들
이제 조국의 품에 안기고 싶은데
법이 그들을 막고 있다

자기 나라에서 불법 체류자라니
옛날 우리 민족이 미주 지역에서
받은 수모 잊었는가
'구제금융' 때 연수생으로 들어온 그들이
지금은 합동 단속반에 쫓겨다닌다

소기업 고용주들에 쥐어 준
현대판 노비문서 '근로계약서'
같은 민족이 외국인 취급당하는
중국 연변의 우리 동포들

언제까지 제도적인 착취를 할 것인가
조국은 그들에게 무엇인가

-2003. 11.

거짓말, 이젠 그만

온 국민이 분노하고 있다
부정 비리
아직도 빙산의 일각인가
끝인가 하면 또 터지고
꼬리에 꼬리를 물고
거기에 10여 년 전 대통령의
불법 은닉 재산까지
실타래처럼 풀려 나오고 있다

개인도 사회도 모두
거짓말로 지탱하는 나라
'특검'을 하면 뭐하고
'청문회' 열면 뭘 하나
오른 손 들고 선서해도
아무 소용없는 것을
양심들이 화인 맞았을까

지구상에서 가장 사기꾼 집단
방탄 국회, 석방 국회가 침몰한다
정직한 사람 바보 만들고
양심 없는 자 출세시키는 세상

언제까지 지속될 것인가
민족 모두가 앓고 있는 저주의 난치병
거짓말, 이젠 그만해야 한다

-2004. 2.

죽음 뒤에 오는 자유
- 정몽헌 님의 辯

그 새벽
안개 낀 흐린 날이기를 아니,
언제까지나 날이 밝지 않기를 바랬다
안경 벗겨지고 눈시울 한강 물에 젖을 때
물안개 자욱한 미명을 기다리며
밤낚시 드리우고 붕어든 쏘가리든
끌어올려 얼근하게 취하고 싶었다

재벌 2세면 뭘 하나 자유도 돈도 없는
빈 껍데기, 기업체 '로봇' 되어
정치와 사회 붙잡으려 몹시도 안간힘 했다
아, 이제는 쉬고 싶다

삼복 더위에
너무도 뜨거운 충격적 소식이겠지
나라 안은 물론 세계가 놀라서
'누가 그를 죽게 했는가
정치가 그를 죽인 것이다
가난하여 죽는 자 많은 요즘
재벌도 죽는구나, 비운의 재벌이여
아직도 젊은 나이에 어찌 눈을 감았는가'

안타까워하고 아쉬워하겠지

그러나 모든 것들이 부질없는 것
그저 나를 찾고 자유인 되고 싶었을 뿐,
구름들 몰려와 두둥실 나를 감싸고
하늘도 바다도 온통 은빛 날개
이제 훨훨 금강산 순례자 되어
선친의 뜻 이루게 하리라

-2003. 8.

모정

빚에 쪼들린 젊은 엄마
어린 세 남매 아파트 옥상에서
하나씩 집어 던지고
자신도 스스로 목숨을 버렸다

순간, 내 나이 40 때
어린 두 아들과 군고구마 장사하며
고구마로 끼니 때우던 시절이 생각난다

죽기 싫다고 부르짖는 자식 던질 때
얼마나 가슴 찢어지는 아픔이었을까
기초생활 대상자 가로막는
차상위 계층,

누가 그어 놓은 신분인가
국민 소득 연 2만불 떠드는 고위층들
월 3만원 미만의
전기, 수도 값 없어 끊기는 가구가
1만여 세대나 된다는 것 아는가

월 몇 천원 수영비 없어
어린 딸 가슴에 못박는 삶
살아서 무엇하랴
자식들 손잡고 죽음의 계단
하나 둘 오르며
그 모정 피눈물 흘릴 때
우리는 무엇을 했는가

그들에게 나라와 사회는 무엇이었는가
훗날 하늘 가서 무어라 말할까
가난은 나라도 못구한다!
-2003. 7.

이 땅의 예수는 어디에

동짇달 추운 겨울밤
조선족 이주 노동자가
서울 중심가에서 얼어죽었다

불법 체류자 합법화 투쟁하는
외국인 노동자들도
자살로, 병으로 죽어가고 있다

이제 다시 크리스마스 계절이
'가난한 자에게 복음을
눈먼 자에게 보게 함을
포로되고 눌린 자에게 자유를' 외치는데

금년 성탄절에 예수님 오셔서
"내가 주릴 때 먹을 것을
목마를 때에 마실 것을 주지 않았고
나그네 되었을 때에 외면하였으며
헐벗었을 때에 옷을 주지 않았고
병들고 옥에 갇혔을 때에 돌보지 않았다" 하실 때
'주여, 그 때가 언제였나이까?' 반문할 수 있을까

"지극히 작은 자를 대접한 것이 내게 한 것이다" 하
  시면
우리는 무어라 변명할까

예나 지금이나 예수 그리스도는
눌리고 고통당하는 군중 속에 있다
외국인 이주 노동자 농성 현장에
노숙자 모여 사는 서울역 지하도 등에
-2003. 12. 24. 한겨레 신문

미션mission

유난히도 뜨거운 여름
내 가슴에 소낙비가 쏟아졌다
국제 기아 대책FHI 훈련 소식

질병과 굶주림의 대륙 아프리카, 인도
중앙아시아, 중남미, 동남아
지역 개발과 교육을 위해
세계 각지의 선교사들 귀국해서
섬김의 세월, 현지 보따리 풀어놓고
재충전의 4주를 보냈다

인도 뭄바이에서 귀향한 젊은 목사님
만삭된 몸으로 훈련에 참가한 그 사모님
파라과이에서 건너온
2대 선교사 가족
당국의 박해 속에서도
어학과 디자인 통해 선교한다는
우즈베키스탄 대학 교수 남매
모두 놀랍고 부러웠다

이제 늦깎이 선교 지망생 되어
머리 맞대고 배운
'교회, 현지 리더, 가정(V.O.C.)' 삼위 일체,
'떡과 복음' [1] 주제와 함께
신선한 충격으로 와 닿았다

무더위 한풀 꺾이고 서늘한 바람 부는 날
조국의 파란 가을 하늘, 눈동자에 담고
처녀 전도사들이
태국과 이디오피아로 떠나갔다

이제 각처에서 귀국한 모든 선교사들이
기아, 질병에 찌든 불행한 나라와 민족 찾아
건강과 희망을 심어 주기 위해 떠나갈 것이다
그들 모두 세계를 향하여
-2005. 9.

---

1) 우선, 지역 개발을 통해 먹고 살 수 있게 한 다음, 예수의 사랑을 전하는 선교

비젼 vision

눈보라 휘몰아치는 밤
거리의 예수가 떴다
서울역과 종로 3가 지하도
노숙자 잠자리에
관심 담은 침낭을 들고

오랜 사역의 세월
일찌감치 접고
불법체류 외국인 노동자와
IMF 희생자 빈민 돕기
사회 운동에 나선 그가 수상한다

빌딩교회 찾아오지 못하는 이들
직접 찾아다니며 복음 전하리라
무의촌 마을에 의사가 찾아가듯
목회자 없는 농촌의 논밭으로
목사가 찾아가는 게 당연하지 않은가

‘하우스 카’ 가 마련되면
농촌 떠돌며 이동교회 세워
믿음, 소망, 사랑 심어 주리라

희망꽃

4 부

나일강

머리 풀어헤치고 슬피 울며 간다

5천 년 역사 그림자만 남아
황폐해진 인류 문화 발상지
그 옛날 태양신 머리에 이고
영원한 파라오 꿈꾸던 많은 왕들
미이라 되어 황포黃布에 싸여 흐른다

창세 전부터 흐르던 강물
지중해로 모여 하늘에 오르면
그리도 화려했던 핫셉슈트[1] 여왕의 눈물이 되고
'황금 마스크' 투탕카멘[2]의 넋이 되어 떨어지며
람세스 2세[3]의 후예로 부활하기도 한다

피라미드, 강물에 흘러내리고
스핑크스 물고기처럼 펄떡이는데
삐거덕삐거덕 노 젓는
검은 피부의 사나이
어느 새 붉은 물 속으로 숨는다

-2006. 1. 이집트에서

---

1) 핫셉슈트 : 투트모스 1세의 딸로 장제전을 건축한 여왕(약 BC1500년 경)
2) 투탕카멘 : 종교 개혁 실패, 다신교 재개, 황금 마스크의 주인공(약 BC1400년 경)
3) 람세스 2세 : 장군 출신, 시리아와 평화 조약, 모세 시대의 바로왕(약BC1300년 경)

카피토키아

나, 거기서 그 분을 보았네
십자가에 달린 외로운 모습을,
열 두 제자와의 최후의 만찬이
괴뢰메[1] 암굴 교회 천장과 벽에
프레스코 그림으로 살아 있었네

나, 거기서 땅굴 마을을 보았네
기원전 이룩되었다는 지하 도시
그 곳엔 학교도, 집들도 굴 따라 있었고
'데린쿠유'와 '카이마르크'[2]에서는
수 만 명의 그 분의 추종자들이
로마군에 쫓겨 두더쥐처럼 살았다네

멀리 가까이 눈 덮인 들판에는
남근男根같은 버섯 바위들이
하얀 베레모를 쓰고 늘어서 있어
'백설 공주' 속 일곱 난장이가
금방이라도 튀어나올 듯 한데
거기도 그들이 숨어살던 곳이라네

그 후 세월은 가고
그들 모두 흩어져 갔는데
오늘 내 안에서 그 분을 보네
-2006. 1. 터키에서

1) 괴뢰메 : 에베소에 있는 야외 박물관으로 샌들 교회, 뱀의 교회, 사과나무 교회, 어둠의 교회 등이 있다(프레스코 화 : 오랜 세월이 지나도 변하지 않는 물감으로 그린 그림).
2) 데린쿠유, 카이마르크 : 지하 19층까지 땅굴을 파, 기독교인들이 로마군을 피해 숨어 산 땅 속 도시, 지금은 5층까지만 관광객한테 개방하고 있다.

요르단의 꽃

실오라기 한 줄 걸치지 않은 여인들이
사막을 오르락내리락 수놓고 있다

아담과 하와가 에덴 동산을 떠난 후
천지 개벽은 화산 폭발이었고
카인의 후예들이 사암을 깎아 크고 작은
구멍을 뚫고 바위산에 모여 살았다
이름하여 '여자'란 뜻의 '페트라'

오랜 세월 지나
초기 기독교인들
이슬람교에 박해 당하고
로마군 침략에 쫓겨다니다
이곳에 숨어들어 천년을 살았다

여인의 펑 뚫린 가슴은 그들의 집이고
사원이고 무덤이었다
모세의 형 '아론'이 묻혔고
또 바울 사도의 피난처로서
지금도 요르단의 꽃 제단에서는
신의 찬미 메아리치는 듯 하다

폐허가 된 정상의 카즈네 신전
인디아나 존스가 금방이라도 튀어나올 것 같고
원형극장 주변에선 '차도르' 두른 소녀들
1 달러 외치며, 낙타꾼들은 손님을 부르는데
거기 내가 알몸이 되어 꽃길 찾아 오르고 있다
－2006. 1. 배낭여행 중에

아랍 소년 '압둘'

사막 한 가운데 서 있는 한 마리 노루였다

슬픈 눈빛이 갈색 터번에 눌리어
더욱 슬퍼 보이는 16세 소년
어린 나이에 집안의 가장이 되어
붉은 모래 위를 폐차 된 지이프로 잘도 달린다

끝없이 펼쳐진 기괴 암석의 사막
아라비아 로렌스의 활동 무대 '와디럼'
낙타 타고 유랑하는 베드윈 족 너머로
사파리 투어의 하루해가 지고 있다

해질 녘, 붉은 색 바위 더욱 불탈 때
찌직거리는 고물 라디오 연신 두드리며
'알라' 의 노래 듣던 '압둘', 손흔들면서
보금자리 찾아 사막을 간다

-2006. 1. 요르단의 사막에서

이스탄불에서

콘스탄티노플에 눈이 내리고 있다

4세기 초, 성령의 손길이
어둠의 기둥에 자유의 등불 걸어 주었고
오늘, 천년 수도의 아픔의 역사가
하얀 눈 속에 파묻혀 사라져 간다

그 동안 실크로드로 황금을 쌓았으나
종교 전쟁과 오스만의 침입으로
400년 술탄의 통치
토프카프 궁전에 갇혀버렸다

하늘에 초승달과 십자가 나란히 걸려
블루 모스크 사원과 아야 소피아 성당이
제각기 빛나고 있다

잿빛 물새 떼 물총을 쏘며 지중해로 날고
갈매기 수십 마리 햇살 따라 물결치는 오후
흑해 총각은 보스포러스 해협 지나
에게해海로 그리스 처녀 만나러 간다

도심 번화가의 관광 전차
전설 따라 '탁심 광장' 오르내리고
오스만 왕조 그림자만 남았는데
젊은 투르크인들 새 봄을 기다린다
−2006. 1. 터키에서

‘발리’ 섬

야자수 바다 위로
신神의 섬이 떠올랐다

거기, 일 년 열두 달
피어 있는 꽃나무 정원은
인도양 해변 거니는
초로의 세월 열 사람을
그대로 삼켜버렸다

제주도 세 배 된다는 정글
‘빠삐용’ 촬영지 절벽 사원과
드라마 속 ‘하지원 계단’
모두 물 속에 빠져 허우적거릴 때
바나나 보트의 스릴은 최상이었다

하지만 환상적인 것은
호텔 방 베란다에 늘어진 야자수
부채처럼 펼쳐진 파초 이파리 수영장
이름 모를 새소리와
수많은 꽃나무 정원이었다

그래도 에덴 동산이 그립고

하늘 위 낙원이 더 기대되는 내 마음

-2004. 11. 22. 발리에서

카우아이 섬

풍차 모양의 커다란 잎새가
북청색 하늘 향해 기지개를 켜며
부채질을 하고 있다

햇솜 이불 같고 비누거품 같은 구름 떼는
해변에 누워 있는 여인의 허리와 엉덩이에
아이스크림처럼 녹아 내리고

까치집 속에는
열매들이 옹기종기 모여
터질 듯한 젖가슴 애무하는
바닷바람 기다리는데

하얀 이빨 드러내고
깔깔거리며 달려오는 파도는
라일락꽃 향기의 신선함 몰고 온다

뜨거운 오후
파초는 피곤하다
-2005. 11. 남태평양에서

인도, 거기에 하늘은 없었다

빛의 도시, 바라나시
그 속에 영육의 갈림길,
죽음의 사자 들락거리는 길목에서
우르르 몰려드는 구걸 아이들 보며
고개를 젖혀 하늘을 보았다
거기에 하늘은 없었다

사암으로 축조된 카주라호 사원
돌담에 조각된 요정과 동물들의
중세기 프리섹스 예술적 장면들
줄줄이 늘어선 돌 외벽 만지며
관능의 미소로 위를 보았다
그러나 거기에 하늘은 없었다

공주 낳다 죽은
황후의 넋 위로하는
신비스러운 타지마할 사원
왕관의 웅장한 아름다움
물 정원에 그림자로 비추이는데
거기에도 하늘은 없었다

아들에게 강제로 구금당해
황제의 한恨 서려 있는
아그라포트 성
코끼리 사파리 일행에 끼여
옛 성城의 내력 들어 본다
하지만, 어디에도 하늘은 없었다

인도의 '크리슈나' 사원寺院 보고서

내 안에 인도印度가 들어왔다. 그 뒤를 비운悲運의 여인들이 따라왔다.

세상에서 홀로 되어 죄인처럼 살다가 먹고살기 힘들면 이 곳에 온다. 인도 북부 '마투라' 지역에 있는 여인들만 모여 사는 암울한 사원, 사랑의 신神 크리슈나(남성)와 재혼해서 이마에 표를 한, 흰옷 입은 여인들.

하루 쌀 한 홉, 동전 한 닢, 그래도 구걸하는 것보다 낫다고 여기며 오늘도 스물 다섯 살 젊은 여인이 어린 딸 데리고 들어와 일생을 맡긴다.

무덤 속보다 나을 것 없는 모녀 보호 시설, 한평생 갇혀 지내며 '야무나' 강에 몸을 씻고 하루 세 차례 열 두 시간 기도로써 참회, 정절, 성결 다짐하고 온종일 신神을 찬양해야 한다. 전혀 개인의 자유시간 허락되지 않는 공개된 감옥, 거기서 그들은 현세의 업業이 다음 세대에는 이어지지 않기를 기원하고 희생과 고난의 순례자 길 걸으며 죽음을 기다린다.

이런 생활을 운명으로 받아들이고 사는 '숙명의 여인' 최고령 할머니, 이 곳에서 40여 년 세월 보내면서 평생 소원은 바라나시(영혼의 도시) 가서 갠지스 강에 목욕하는 거라며 쓸쓸히 웃는다.

영원으로 통하는 갠지스 강 목욕은 '마투라 크리슈나 사원'에서 죽음을 기다리는 여인들 모두의 소망이라는 데…… 갠지스 강이 울고 있다. 내가 울고 있다.

하늘 호수

구름 한 점 없는 청자빛 하늘
거울처럼 맑은 호수

내 마음

화산 터실 때 타 죽은 나무들
아직도 이파리 없이 앙상하고
간간 스치는 바람소리, 새소리

해란강 치맛자락 끌리는 소리가
천지天池의 사연 말해 주는 듯

흰머리 산白頭山 가을
봄날 같은 날
하늘 호수가 내 품에 안긴다

-2004. 10. 백두산에서

국경

바람이 울며
상처뿐인 잡초 부둥켜안고
지렁이 같은 샛강으로
북한 소식 전하고 있다

거기, 차가운 철다리
가운데 붉은 선
한 발 내밀면 허기진 땅
가시나무 새 날아와 슬피 운다

강가 거닐며 구걸하던
눈 크고 창백한 얼굴
왜소한 남자
외면했던 일, 가슴에 찡하다

다리 어귀 잡화상엔
빛 바랜 김일성 초상화 눈 부릅떠 있고
금강산, 모란봉 사진첩은
북한 화폐, 린민삐 붙잡고
남쪽 손님 기다리고 있다
-2004. 10. 중국 '圖們'에서

선운사 가는 길

눈 쌓인 '선운사 동구'
미당 시인 시비詩碑가
아무도 밟지 않은 산책길에
한 송이의 눈꽃을 피우고 있다

도솔암 오르는 냇가에
누님같이 생긴 꽃으로
달덩이 얼굴의 민불民佛 우뚝 서
오가는 발길 불러 세움은
그 당시 중생의 한을 호소함인가

진흥굴, 장사송, 내원궁 지나
하늘에 떠 있는 궁궐 같은
동백나무 우거진 대웅전
"향단香丹아, 그넷줄을 밀어라"
고풍스러운 자태가 발길을 붙잡는다

그냥 뿌리치고 뒷동산에 올라
높이 치솟은 바위 벽 마애불 우러르니
신기한 배꼽 비결의 전설
두 촛대에서 옛 조상들 혼불로 타오른다

내가 동해로 온 까닭은

바다가 보고 싶고, 파도 소리 듣고 싶어 대관령 운해
雲海 가르며 동해에 섰다. 내 안의 오장육부五臟六腑, 속
세에서 묻은 때 깊고 맑은 물에 씻어 가야지. 바다는 역
시 동해야, 짙은 북청색 망망대해茫茫大海 철썩이는 큰
파도, 바다 속 깊은 곳 멀리 수평선 끝, 태평양이 보인
다. 눈으로가 아니라 생각으로 보는 것, 파도 소리고 너
무 커 귀로 듣는 게 아니고 마음으로 듣고, 찝찔하고 비
릿한 냄새도 코로 모두 맡을 수 없으니 입술로 느끼는
것, 그리고 귀는 그저 마음의 통로이고, 코는 머리 속
뇌 울리는 촉각인 것을….

　이제 밤바다 밑에 더러운 육신 던져 버리고 싶지만, 그래도 온몸의 내장 하나씩 꺼내어 말끔히 씻어 바다 위로 퍼지는 햇살에 말려 다시 몸 속에 밀어 넣고 새 마음 되어 하늘 바라고 파도 위에 서리라, 세파에 시달려 삭막해진 사상과 영혼, 그리고 이미 뱉어 놓은 조잡한 언어들 주워 들고 씻고 있노라니, 서서히 어둠이 걷히고 수평선 위로 비늘구름 조각들 흩어져서 새로운 날에 박수 갈채를 보내고 있다.

　그러나 진정 내가 동해로 온 까닭은 멀리 태평양 바다 위로 솟아오르는 불덩이를 텅 빈 가슴에 안고 새로운 인생 잉태하려 함이라.

희망꽃

5부

'그린필드'

비 오는 날
도심의 공원 풀밭에서
스피커 울리는 '그린필드'

내 안의 그 사람
고교 시절 보이스카웃 수련회 가서
대천 해수욕장의 이모저모
엽서에 그려 보내던 마음이었다

한 동안
음악 속에서 만났는데
언제부터인가
소식은 끊겼고
나, 꿈을 잃어버린
노래 속 여인이 되어 갔다

몇 십 년 지난 지금까지
생각을 이어주는 건
'포 부라더스'의 그 노래뿐이다

그가 왜 떠났는지
아직도 알 수 없어
가끔 푸른 초원에 서서
혼자 비를 맞으며 노래를 듣는다

색깔 있는 꿈

난 휴대폰, 언제나
당신 속에 살 거야
온종일 당신 안에서
따뜻한 체온 느끼며 살 거야

내가 브로치라면 너울너울
당신 가슴에 안길 거야
그리고 세상사 힘들어하면
사랑의 몸짓으로 말할 거야

아니, 내가 열쇠라면 어떨까
그럼 가슴의 열쇠가 되어
언제 어디서나
당신 마음을 열 텐데

나, 한순간도 헤어질 수 없어
늘 당신 손에 잡혀서
밤이나 낮이나 함께 있고 싶고
항상 당신의 전부이고 싶어

시詩에게

너 어디 숨었니?
머리 좀 내밀어 봐
숨바꼭질하는 양 찾기가 힘들구나

시야 내게로 오렴
길을 걷다가도 문득 네가 그립고
달만 떠도 너를 만나고 싶어

아가는 엄마 젖을 잘도 빨고
목장의 목부는 우유를 잘도 짜는데
내 안의 '시어'는 아무리 머리를 짜도
우유처럼 나오지 않는구나

시야,
너의 슬픔은 나의 슬픔
너의 기쁨은 나의 기쁨
나, 늘 너와 함께 살고 싶어

누에고치 번데기에서 비단실 뽑아내듯
거미가 먹이 낚아채려고 거미줄 쳐 나가듯
내 영혼 깊은 데에서 너를 계속 뽑아냈으면
얼마나 좋을까, 좋을까!

시야, 내게로 오렴!
꼭꼭 숨지만 말고

시인이 되는 길

시詩를 쓰려면 마음을 비우라고 한다

텅 빈 교실처럼, 아무도 없는 공원 놀이터처럼
비오는 날 먹구름도 안 되고,
가을 하늘같이 맑아야 하며
마음을 넓게 크게 가져야 한다고

속을 썩혀서 정제하고,
썩는 동안 눈물도 흘리면서
설익은 열매 익을 때까지 기다리는 인내가 필요하듯
성급히 굴지 말고 참고 기다려야 좋은 시가 터진다고

또 어떤 철학을 주제로 삼느냐
엿기름 걸러서 가라앉혀 식혜 만들 듯
오염된 물을, 서정적 자아를 통해
순수 샘물로 만드는 것이라고

또, 시詩는 세탁 비누 같은 것
문명의 찌꺼기 걸러 내고
고난의 빨랫감 잘 빨아야 하며
실용적 언어는 빼고 신비한 언어를 창조하라 한다

그런데
나는 마음 속이 텅 비어 있어도
시를 쓰지 못한다

휴대폰

아이들 손에 붙잡히면
"똑똑" 온종일 문자 보내노라
얼굴이 닳아 빠질 거야

엄마들 손에 들어가면
찰깍 아가 사진 찍는다고
온몸이 피곤해질 거야

어르신 손에 가야만
찌르릉 겨우 자식들 안부 듣고
가방 속에 넣어 두지

하지만 나는
가방도 주머니 속도 아니고
늘 당신 손에 들려서
당신의 숨소리 들으며
함께 웃고 떠들고
밤이나 낮이나 함께 있고 싶어

당신과 나, 천생연분일까
나, 당신 없이는 못살아

등산 登山

더위에 지친 수캐가
발랑 나자빠져 발정하듯
헉헉거리며 기어오른다

꽃 이불 비단금침 깔아놓고
사랑하는 그녀가 드러누워
아랫도리 벌리고
숫총각 끌어안듯 나를 반긴다

끈적거리는 정액 삼키고
못이기는 체 애무하며
더듬어 올라가는데
봉긋한 젖꼭지가
내 혀를 찾고 있다

혀끝에 닿는 능선
부드럽게 핥으며
오르가즘을 만끽한다

산을 오르는 이유

한국 생활 몇 달만에
울고불고, 향수병 앓던 중국 며느리
어느 날 갑자기 친정으로 날아가 버렸다

두 살 된 손자 '요한'이 탄 리무진
공항으로 떠나자
허전한 마음 달래려고
배낭을 메고 집을 나섰다

어느 새 만발한 진달래꽃
산등성이 여기저기 무더기로 모여 있고
나무는 나뭇잎대로, 꽃은 꽃잎대로
각기 재잘대고 있었다

나무에 귀기울이면 꽃들이 시샘하고
꽃말 들을라치면 나무가 토라져
웃음을 겨우 참고 다독거려 주다 보니
그렇게도 외롭고 울적했던 내 마음
꽃 친구와 나무 친구가 위로가 되었다

그러나
며칠 후면 아들마저 떠날 테고……
그러면
나, 다시 산을 오를 것이다

-2003. 4.

세월 편지

친구야, 소꿉 친구야
또 한 해가 저물고 있다
어언 반세기
너의 모습 간 데 없고
이름만 살아서 맴돈다

열 살 소녀가
듬성듬성 백발이라니
상상이나 할까

6·25 전쟁 석 달
9·28 수복 때
너는 북으로
나는 남으로
가족 따라 헤어져 갔지

친구야
북쪽 친구야
너도 가끔
어린 시절 추억하니?

병원 집 골목에서
"엄마 아빠"하며 소꿉놀던 일
뒷마당에서 손톱이 닳도록
공기받기 하던 일

여름날 저녁나절
누나랑 언니 편먹고
고무줄에 사방차기 놀다가
하늘이 빨갛게 물들면
그 아름다움에 손뼉치며 좋아했지

아직도 끝나지 않은 이념분쟁
이제
남과 북 화해의 물결 일렁이니
생사도 모르는 채
북으로 간 친구 못내 그리워한다
-2000. 가을

사모곡 思慕曲

치자 빛 노을이
그의 등뒤로 흘러내릴 때
나는 빳빳하게 푸새된 무명이 되어
얼음처럼 침묵하고 있었다

성에 낀 창으로 새어든 달빛은
녹색 슬픔에 젖은 나에게
안개 속의 옛 이야기하려 애쓴다

"어둠이 짐승처럼 웅크리고 앉아
비상飛翔하는 날개 부러뜨려
그를 땅으로 끌어내렸지"

빛보다 아름다운 봄눈이
헐벗은 몸 위에 걸터앉을 때
마른나무 우는 소리,
바람 소리 비명에 깔리어
영혼 깊숙이 꽂히고 말았다

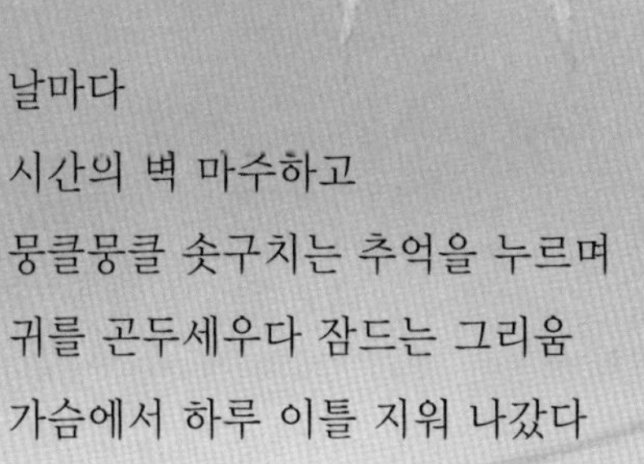

날마다

시산의 벽 마수하고

뭉클뭉클 솟구치는 추억을 누르며

귀를 곤두세우다 잠드는 그리움

가슴에서 하루 이틀 지워 나갔다

희망꽃

생활(가족)

6 부

나의 날 my day

오늘은 '내 생애 최고의 날'

달포 전 식장 예약하고
마치 수험생 기분으로
뷔페 음식 맛없으면 어떡하나
식장은 잘 꾸며질까
이왕 정해진 날 빨리 지나갔으면 했다

정작 그 날 되어 식장 들어서니
무대 위 현수막이 나를 반긴다
'「엄마의 세월」 출판 기념회'
가슴 벅차 오르는 감회의 순간
친척들 몰려와 꽃다발 안겨 주고
아주 오랜 대학 동창들과
동료 교사 자리 가득 메우니
실로 감격의 물결이었다

사회자의 멋진 멘트와
두 아들이 보내온 애절한 사연,
생음악 연주하는 제자들과
이어지는 축사와 격려사에

노래 부르는 봉사단 어머니들
화려한 한복 차림 한층 빛나고
시 낭송 프로 진행 절정에 달하니
오늘은 '내 생애 최고의 날' 이었다

-2003. 7. 11.

뎀파레 洋蘭

보라색 야회복 여인이 웃고 있다

출판 기념회 때
조카며느리가 들고 온
도자기에 발뻗은 꽃
노랑 모자, 하얀 장갑의,

나비가 날아와 여인의 머리에 앉는다

처음엔 자신 없어 망설이다
수명이 길다고 모두들 권해서
아파드 베란다에 옮겨 놓고
"사랑하기로 했으니 잘 살아야 돼"
화분을 물 속에 푹 담그며
시들어 죽지 말라고 속삭였다

"너 시들면 나도 시들고,
너의 뿌리 마르면 나도 메말라
더 없이 슬퍼질 테니 잘 살아 다오
뎀파레야, 오래 오래 살아 주렴"
그래서일까, 석 달이 훨씬 지난 지금도

가을의 찬바람 속에서
낙엽 밟고 산책하는 여인처럼
보라색 꽃잎 하늘거리고 있다

양파

양파 두 개
베란다 구석에
아무렇게나 던져 놓았더니
얼마나 지났을까
연한 실파 묶음이
한 자나 솟아올라 있었다

돌보지 않으면 시들겠지 했는데
물 한 모금 안 마시고
몇 달을 잘도 버티며
겹겹의 속 알맹이 영양분 끌어올려
힌 응큼의 녹색 꽃나발 만들고 있다

사람들 목숨 쉽게 버리는 요즘 세상
오장 육부 다 뽑아내어
자식 키우는 어머니의 사랑을 본다

나

내가 나를 본다
아무것도 보이지 않는다
머리 속은 텅 비어 있고
가슴도 뻥 뚫려 있어
마치 투명 인간 같다

거미줄처럼 엉겨 있던 머리 속은
세월 따라 하나 둘 지워져 나갔고
가슴팍에 심겨진 빨간 장미는
심장을 파고들어 상처를 내고는
보기 흉하게 시들어버렸다

내 몸은 쓰레기 가득 차
냄새 풀풀 풍기는 오물통,
구겨진 내 인생
목마른 영혼 되어
또 하나의 나를 찾고 있다

물, 나무, 돌, 바람 속에서
그 분을 만나고 있는

육신의 노래

새벽에 몸을 일으키면
뼈마디가 삐걱거린다
기름을 쳐야 할까

하늘 위 나의 별도
빛을 잃고 기울어 가는 듯
가슴에 바람이 인다

아침저녁 서둘러
열심히 기름을 발라도
낡은 기계는
여전히 쇳소리를 내며
기차 레일 위를
힘겹게 굴러간다

간이역에 주저앉아
발버둥쳐 보지만
녹슨 바퀴는 쉬지 않고
시간의 터널을 지나
세월의 고개를 넘는다
종착역을 향하여

하산下山

정상頂上이 마흔일까?…… 쉰이면 좋겠다
젖무덤 봉우리 쓰다듬는 중늙은이 시절
오래도록 능선을 타고 오르내리면서
백두산 천지天池에도 서 보고
가슴팍 골짜기의 설악 계곡 돌아내리며
북녘의 금강산 비경을 떠올려 본다

쿨렁거리는 뱃속은 제주도
천지연 폭포의 시원함이고
씰룩이는, 펑퍼짐한 엉덩이는
민속촌의 초가지붕이며
마당바위 적시는 아랫도리 샘물은
남태평양 파초의 꿈 그리워한다

이제 장딴지 두드리며 멈추는 발걸음에
절로 매무새가 풀어져 밀려오는 허탈감이
'아직은 아니다, 더 내려가야지'
발 아래 밟히는 잡초 사잇길 찾아
걷고 또 걷는다

늙는다는 것은

늙는다는 것은
북풍에 밀려 곤두박질치는
바짝 마른 낙엽처럼
비상飛翔을 멈추고
하강下降하며
옛날을 더듬는 그리움이고

또
누렇게 빛 바랜 껍데기 되어
구름 속에 숨어버린
태양을 찾아 나서는 나비처럼
또 다른 나를 찾아 길 떠나는 것이다

늙는다는 것은
동지섣달 얼어버린 달빛에
알몸을 그대로 던지고
앙상한 뼈마디
부딪치는 소리 듣는 아픔이며

다시
생의 끝자락 붙잡고
가슴 속 아름다운 꿈들을
어둠이 밀려오는 마지막 황혼에
추억으로 띄워 보내는 서글픔이다

선물

서른 즈음에 한 생명이
내 안에 들어왔다
얼마 후 다시 한 생명이
다가와 외롭지 않았다
품안에서 티격태격 싸우면서
잘도 자라 주었다
둘은 서른 해 무렵
제각기 짝을 찾아 분가를 했다

두 아들(賢珍, 宰珍)과
손자 요한이, 하준이
손녀 하늘이, 한나
며느리 류샤오, 희정이
내 사랑 나의 분신들
주신 그 분께 감사한다

기도

타국 사는 자식들이 효도 못함 아쉬워하면
"너희들 잘 사는 것이 효도야"
"신앙생활 열심히 하면 효도하는 것이지"
위로해 주고,
매일 새벽
내게 뿌리 둔 가지와 잎새들이
선교에 힘쓰길 소원한다

옛날 여호수아가 적과 싸울 때
손들고 기도하던 모세처럼
나도 자식들이 악령과 싸울 때
손 높이 들고 하늘을 우러른다

세상을 이기고 빛과 소금처럼 살며
항상 복의 근원 되게 하소서
우리 가족 비록 떨어져 살지만
기도 속에서 매일 만나게 하소서

송편

큰아들 북경생활 10년 만에
처음으로 명절다운 추석을 보냈다

솔잎 없이 쪄낸 떡
송편이라 부르기 뭐하지만
그래도 깨 볶아 설탕 버무려 만드니
퇴근한 아들, 집에 들어서자마자
"얼마나 오랜만인가" 맛보며 감격한다

아침나절 만두 쪄내고
오후엔 송편 빚으며 보낸 하루
겨우 한 됫박이지만
두 아들 곁에서 지내니
한가위 기분 맘껏 누려 행복하다

장난감

두 아들 사는 북경에서 돌아와
달포나 묵은 먼지 떨어내다
방구석에 흩어진 장난감을 본다

크고 작은 공과 자동차
곰 인형에 풍선까지
여기저기 주저앉아
주인 그리워 눈물짓고 있다

지난 봄 한국 와서
몇 달 살다 간 손자의 장난감
이제 손자 요한이 그리울 때
사진 보듯 들여다본다

-2003. 10.

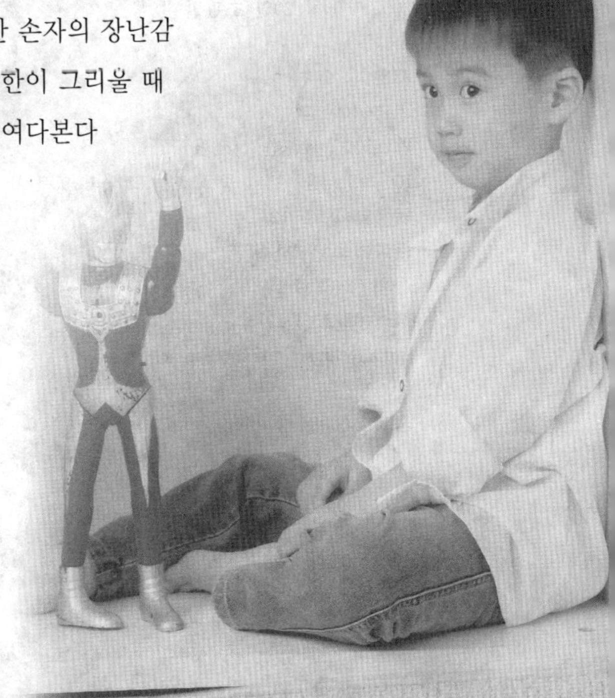

원로교사 이진재의 '앨범시집'

희 망 꽃

2006년 06월 15일 초판인쇄
2006년 06월 20일 초판발행

지은이:이 진 재
펴낸이:이 혜 숙
펴낸곳:도서출판 신세림
100-015 서울특별시 중구 충무로5가 19-9 부성B/D 702호
등록일:1991. 12. 24
등록번호:제2-1298호
전화:02-2264-1972
팩스:02-2264-1973
E-mail:shinselim@chollian.net

정가 6,000원

ISBN 89-5800-049-X, 03810